蓝皮鼠大脸猫最新故事

神奇的角树

葛 冰 著　昆虫工作室 绘

U0132964

接力出版社
Publishing House

目　录

神奇的角树

SHENQI DE JIAOSHU

一个金苹果 ················ 6

头上长出一棵角树 ················ 12

大家都来拿草帽 ················ 19

一列小火车 ················ 22

模糊的绿影子 ················ 26

雪糕滑进了脖子 ················ 32

蓝皮鼠的馊主意 ················ 35

渔网沉甸甸的 ················ 40

看不见的小偷

KANBUJIAN DE XIAOTOU

打喷嚏惹的祸 …………………… 48

突然失踪的名画 …………………… 51

飞起来的警棍 …………………… 55

猎狗警长的怀疑 …………………… 57

博物馆的金王冠 …………………… 61

紫色的花瓣 …………………… 66

矮胖子的手臂 …………………… 72

天蓝色的染料水 …………………… 77

王冠里的声音 …………………… 82

神奇的角树

SHENQI DE JIAOSHU

一个金苹果

早晨，空气好新鲜，红红的太阳挂在天上，小草和小花上闪着亮亮的露珠。大脸猫蹦蹦跳跳，手里托着一个香喷喷的小蛋卷。这是他刚买来的，准备一个人好好吃一顿。

突然，旁边的草丛里传来叫声：
"哎哟，好疼啊！"

原来是一位老爷爷摔倒在草地上。

大脸猫说："老爷爷，别着急，我扶您起来。"

大脸猫把老爷爷扶起来，坐到旁边的一块石头上。

lǎo yé ye shuō wǒ de guǎi zhàng diū le
老爷爷说："我的拐杖丢了。"

dà liǎn māo shuō wǒ bāng nín zhǎo
大脸猫说："我帮您找。"

dà liǎn māo zài cǎo cóng li zhǎo dào le guǎi zhàng dì dào lǎo yé ye shǒu li
大脸猫在草丛里找到了拐杖，递到老爷爷手里。

lǎo yé ye shuō wǒ de xié zi diū le
老爷爷说："我的鞋子丢了。"

zhēn de lǎo yé ye guāng zhe yì zhī jiǎo
真的，老爷爷光着一只脚。

dà liǎn māo shuō lǎo yé ye bié zháo jí wǒ bāng nín zhǎo
大脸猫说："老爷爷，别着急，我帮您找。"

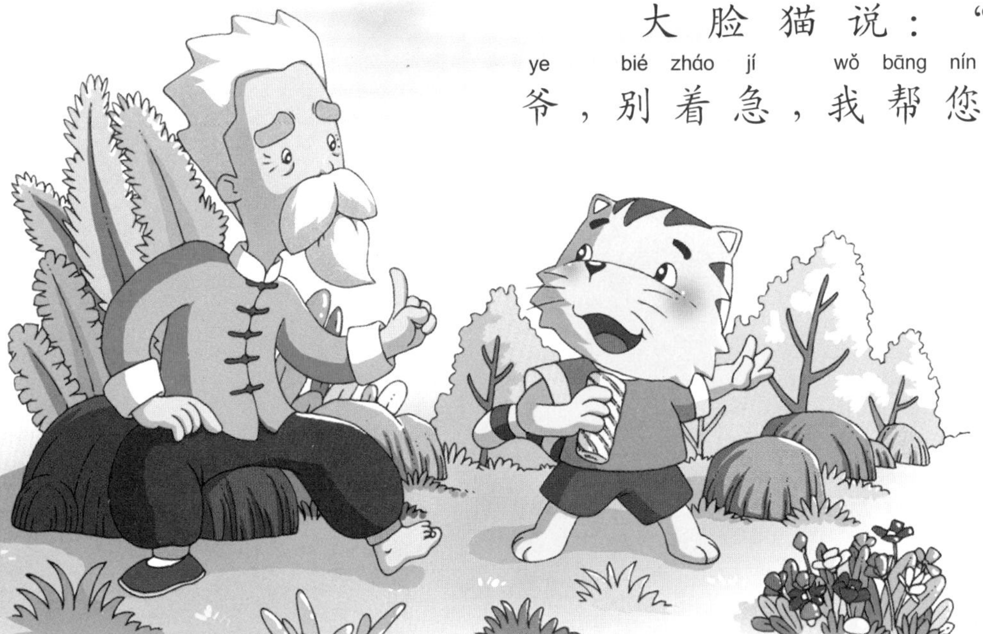

zhǎo a zhǎo
找啊找，
dà liǎn māo zài shù gēn xià
大脸猫在树根下
zhǎo dào le xié zi
找到了鞋子。
lǎo yé ye shuō
老爷爷说：
nǐ lái bāng wǒ chuān xié zi
"你来帮我穿鞋子
ba
吧。"

dà liǎn māo wān
大脸猫弯
xià yāo bāng lǎo yé
下腰，帮老爷
ye chuān shàng le xié zi
爷穿上了鞋子。
lǎo yé ye wàng
老爷爷望
zhe dà liǎn māo shǒu li
着大脸猫手里
de xiǎo dàn juǎn shuō
的小蛋卷说：
wǒ dù zi yǒu diǎn
"我肚子有点
è le
饿了。"

9

bǎ dàn juǎn gěi rén jia   dà liǎn māo xīn li kě yǒu diǎn er shě
把 蛋 卷 给 人 家 ， 大 脸 猫 心 里 可 有 点 儿 舍

bu de   kě tā hái shi bǎ dàn juǎn dì le guò qù
不 得 。 可 他 还 是 把 蛋 卷 递 了 过 去 。

kàn zhe lǎo yé ye bǎ xiāng
看 着 老 爷 爷 把 香

pēn pēn de dàn juǎn quán chī le
喷 喷 的 蛋 卷 全 吃 了 ，

dà liǎn māo chán de zhí liú kǒu
大 脸 猫 馋 得 直 流 口

shuǐ   tā xīn li xiǎng
水 。 他 心 里 想 ：

wǒ yào shi bú pèng jiàn zhè
"我 要 是 不 碰 见 这

lǎo yé ye jiù hǎo le
老 爷 爷 就 好 了 。"

lǎo yé ye chī wán le
老 爷 爷 吃 完 了

dàn juǎn pāi pai dù pí   xiào
蛋 卷 拍 拍 肚 皮 ， 笑

mī mī de shuō   nǐ shì
眯 眯 地 说 ："你 是

gè hǎo hái zi zài qù gěi
个 好 孩 子 。 再 去 给

wǒ ná yì bēi jú zhī lái
我 拿 一 杯 橘 汁 来 。"

大脸猫皱着眉头说:"草地上哪儿有橘汁啊?"

老爷爷说:"就在你后面呢,你回过头去看看。"

大脸猫转过身,什么也没有。他再回过头来,老爷爷不见了。石头上放着一个金色的苹果,下面压着一张纸条,上面写着:送给好孩子的礼物,吃了它,会有奇迹出现。

头上长出一棵角树

大脸猫拿着金色的苹果，左看右看，高兴地说："我是好孩子，这是老爷爷送给我的礼物。"他咬了一小口，哇，真甜哪，从来没有吃过这样好吃的苹果。

蓝皮鼠远远地跑来了，大脸猫赶快张大嘴，咕唧咕唧几口就把金苹果吃进肚了。

好了，这回蓝皮鼠想吃也没有了，苹果已经吃下肚了。

大脸猫满意地拍拍肚皮，这才想起来：吃得太快，连金苹果是什么味都没尝出来。

蓝皮鼠问："大脸猫，你吃什么呢？"

大脸猫笑嘻嘻地说："金苹果。我做了好事，一位老爷爷送给我的。我等了半天，你也不来，苹果都快放馊了，没办法，我只好一个人吃了。老爷爷说，吃了苹果会出现奇迹。"

蓝皮鼠说："奇迹已经出现了。"

大脸猫忙问："在哪儿呢？"

"在你的头上，你的头上长出角来了。"

大脸猫慌忙用手摸头顶，不好了，他的头上真的长出角来了，像梅花鹿一样的、分叉的角。

大脸猫惊慌失措地说："糟糕，我变成梅花鹿了。"

头上的角真高真大，像树一样，长出了绿叶，开出了红色的花朵。

15

大脸猫苦着脸说:"真倒霉,那老爷爷怎么送给我这样的破东西啊!我头上顶一棵树多累啊!我饿着呢,香喷喷的蛋卷也被老爷爷吃了。"

他说着,晕晕乎乎地转着圈,头上的角树叶子哗啦哗啦响,长出了许多蛋卷,变成了一棵香喷喷的蛋卷树。

蓝皮鼠高兴地叫:"这棵树太棒啦,你心里想什么,一转圆圈,它就长什么。"

大脸猫吃着蛋卷，他左手拿三个蛋卷，右手拿三个蛋卷，嘴里堆着三个蛋卷。

哈，他想吃多少就吃多少，因为这神奇的树长在他头上。

大家都来拿草帽

蓝皮鼠和大脸猫坐在巧克力吉普车上，大脸猫头上顶着角树，神气得很。

太阳躲在云彩里了，天阴沉沉的，下雨了。

路上许多行人都没有带雨具，用手遮住脑袋慌忙地跑。

大脸猫跳下巧克力吉普车，在原地转着圆圈，嘴里叫着："变成草帽树！"

dà liǎn māo tóu shang
大脸猫头上

de jiǎo shù shang chū xiàn le
的角树上出现了

xǔ duō piào liang de cǎo mào
许多漂亮的草帽。

kuài lái ná
"快来拿

cǎo mào a dà
草帽啊！" 大

liǎn māo zuò zài dì shang hǎn
脸猫坐在地上喊。

zuò zài dì
坐在地

shang tóu shang de
上，头上的

shù ǎi yì xiē
树矮一些，

dà jiā dōu kě yǐ
大家都可以

zì jǐ lái zhāi cǎo
自己来摘草

mào le
帽了。

xiè xie dà
"谢谢大

liǎn māo xiè xie dà liǎn māo
脸猫，谢谢大脸猫。"

xǔ duō xiǎo dòng wù dōu dài shàng cǎo
许多小动物都戴上草

mào le
帽了。

nǐ kě yǐ ràng shù zài ǎi yì diǎn er ma yuán
"你可以让树再矮一点儿吗？"原

lái shì yì zhī xiǎo wū guī tā gè zi ǎi gòu bú dào cǎo mào
来是一只小乌龟，他个子矮，够不到草帽。

méi wèn tí dà liǎn māo pā zài dì shang ràng xiǎo wū
"没问题。"大脸猫趴在地上，让小乌

guī cǎi zhe tā de bí tou qù gòu cǎo mào
龟踩着他的鼻头去够草帽。

dà liǎn māo de fú wù tài du duō hǎo a
大脸猫的服务态度多好啊！

一列小火车

头顶上有了这样一棵神奇的树，大脸猫特别想帮助别人。

看见两只小猴子争着骑一个木马，大脸猫忙从吉普车上跳下来叫："别争，别争！"

大脸猫在原地转圈，嘴里叫着："变成木马树！"

木马多重啊，大脸猫头顶上的角树刚长出一个木马，就把他压趴下了。

大脸猫趴在地上，还不忘记告诉小猴子："以后要谦让，不要打架。"

蓝皮鼠和大脸猫开着巧克力吉普车往前走。

嘀嘀嘀！一列小火车从他们旁边经过，许多小动物坐在上面。

xiǎo huǒ chē tū rán tíng xià lái　yuán lái yí gè chē lún duàn liè

小 火 车 突 然 停 下 来 ，原 来 一 个 车 轮 断 裂

le

了 。

dà liǎn māo

大 脸 猫

máng cóng jí pǔ chē

忙 从 吉 普 车

shang tiào xià lái zài

上 跳 下 来 ，在

yuán dì zhuàn quān zuǐ

原 地 转 圈 ，嘴

li jiào zhe biàn

里 叫 着 ："变

chéng chē lún shù

成 车 轮 树 ！"

dà liǎn māo tóu

大 脸 猫 头

shang de jiǎo shù shang

上 的 角 树 上

jiē mǎn le yuán yuán

结 满 了 圆 圆

de chē lún tā dà

的 车 轮 。他 大

shēng hǎn zhè xiē

声 喊 ："这 些

chē lún dōu sòng gěi nǐ

车 轮 都 送 给 你

men

们 。"

xiǎo huǒ chē shang de chéng kè yì qí shuō　　　nǐ zhēn bàng néng
小 火 车 上 的 乘 客 一 齐 说："你 真 棒， 能

biàn chē lún
变 车 轮。"

dà liǎn māo dé yì de shuō　　　yào bú yào biàn huǒ chē wǒ
大 脸 猫 得 意 地 说："要 不 要 变 火 车？ 我

kě yǐ biàn huǒ chē shù
可 以 变 火 车 树。"

lán pí shǔ máng zhì zhǐ tā　　　bié biàn bié biàn huǒ chē
蓝 皮 鼠 忙 制 止 他："别 变， 别 变！火 车

kě bǐ mù mǎ zhòng gèng yào bǎ nǐ yā pā xià le
可 比 木 马 重， 更 要 把 你 压 趴 下 了。"

模糊的绿影子

cǎo dì shang yǒu yì kē shù　xǔ duō xiǎo dòng wù wéi zhe shù
草地上有一棵树，许多小动物围着树

wǎng shàng kàn
往上看。

lán pí shǔ hé
蓝皮鼠和

dà liǎn māo yě zǒu guò qù
大脸猫也走过去。

dà liǎn māo wèn
大脸猫问：

nǐ men kàn jiàn le shén
"你们看见了什

me
么？"

xiǎo shān yáng shuō
小山羊说：

shén me yě méi kàn jiàn
"什么也没看见。"

lán pí shǔ wèn
蓝皮鼠问：

nà wèi shén me hái kàn
"那为什么还看

ne
呢？"

xiǎo shān yáng shuō　　　yīn wèi zhè shì yì kē qí guài de shù
小山羊说："因为这是一棵奇怪的树。"

dà liǎn māo jiào　　　hé wǒ tóu shang de jiǎo shù yí yàng ba
大脸猫叫："和我头上的角树一样吧？"

xiǎo shān yáng shuō　　　bù yí yàng　gāng cái wǒ cóng shù xià zǒu
小山羊说："不一样，刚才我从树下走

guò shí　tóu shang de hú dié jié bèi shù shang de yí gè dōng xi zhuā le
过时，头上的蝴蝶结被树上的一个东西抓了

qù
去。"

xiǎo hóu zi shuō　　　wǒ dào shù shang qù kàn guò　shén me yě
小猴子说："我到树上去看过，什么也

méi yǒu　kě nǎo dai bèi qiāo le yí xià
没有，可脑袋被敲了一下。"

27

正在这时，从树上突然
飞下来许多小红果子，砸在
小动物们的头
上。小动物们
慌忙跑开了。

蓝皮鼠说：
"让我想想。"
他用两个手指
在脑门上绕圆
圈，绕啊绕，
绕得脑袋都发
热，耳朵
都由蓝变
黄变红了。

wēng wēng wēng　　　　liǎng zhī jiǎ chóng pì gu mào yān de
嗡 嗡 嗡——两 只 甲 虫 屁 股 冒 烟 地

cóng tā ěr duo li fēi chū lái　　yì qí jiào　　　hǎo rè　hǎo
从 他 耳 朵 里 飞 出 来, 一 齐 叫:"好 热, 好

rè　rè de wǒ men pì gu dōu mào yān le
热!热 得 我 们 屁 股 都 冒 烟 了。"

lán pí shǔ máng
蓝 皮 鼠 忙

shuō　　　duì bu qǐ
说:"对 不 起,

wǒ zài dòng nǎo zi
我 在 动 脑 子。"

jiē zhe tā gāo xìng de
接 着 他 高 兴 地

jiào　　wǒ xiǎng chū
叫,"我 想 出

hǎo bàn fǎ lái le
好 办 法 来 了!"

lán pí shǔ duì
蓝 皮 鼠 对

jiǎ chóng shuō　　　nǐ
甲 虫 说:"你

men liǎ fēi shàng qù
们 俩 飞 上 去,

bǎ měi yí piàn lǜ yè
把 每 一 片 绿 叶

dōu zǐ xì kàn kan
都 仔 细 看 看。"

liǎng zhī jiǎ chóng fēi dào le shù shang
两只甲虫飞到了树上。

lán pí shǔ zhàn zài shù xià yǎng liǎn xiàng shàng kàn dà liǎn māo yě
蓝皮鼠站在树下仰脸向上看，大脸猫也

yǎng liǎn xiàng shàng kàn tā tóu shang de jiǎo shù dōu kuài āi dào shù shang de
仰脸向上看，他头上的角树都快挨到树上的

lǜ yè le
绿叶了。

lǜ yè zhōng yí gè mó hu de lǜ yǐng zi yì shǎn wú shēng
绿叶中，一个模糊的绿影子一闪，无声

wú xī de huá dào le dà liǎn māo de jiǎo shù shang
无息地滑到了大脸猫的角树上。

dà liǎn māo méi kàn jiàn, lán
大脸猫没看见，蓝
pí shǔ yě méi kàn jiàn, xiǎo dòng wù
皮鼠也没看见，小动物
men quán méi kàn jiàn
们全没看见。

liǎng zhī jiǎ
两只甲
chóng sōu biàn le shù
虫搜遍了树
shang de měi yí piàn
上的每一片
lù yè yì qí
绿叶，一齐
shuō shù shang
说："树上
shén me dōu
什么都
méi yǒu
没有。"

雪糕滑进了脖子

tiān hǎo rè, kě lěng yǐn diàn de xuě gāo hé bīng ji líng quán mài
天好热，可冷饮店的雪糕和冰激凌全卖

guāng le
光了。

lán pí shǔ hé dà liǎn māo kāi zhe jí pǔ chē lái le
蓝皮鼠和大脸猫开着吉普车来了。

dà liǎn māo tiào
大脸猫跳

xià le qiǎo kè lì jí
下了巧克力吉

pǔ chē jiào dà jiā
普车叫："大家

kuài lái chī xuě gāo
快来吃雪糕。"

xiǎo dòng wù men
小动物们

dōu pǎo lái le
都跑来了。

dà liǎn māo shén
大脸猫神

qì de zài yuán dì zhuàn
气地在原地转

quān zuǐ li jiào
圈，嘴里叫：

biàn chéng xuě gāo shù
"变成雪糕树！"

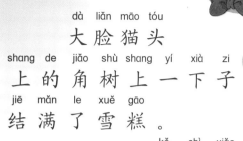

dà liǎn māo tóu
大脸猫头

shang de jiǎo shù shang yí xià zi
上 的 角 树 上 一 下 子

jiē mǎn le xuě gāo
结 满 了 雪 糕 。

kě shì xiǎo
可 是 小

dòng wù men hái méi
动 物 们 还 没

kào jìn shù tū
靠 近 树 ，突

rán cóng shù shang fēi
然 从 树 上 飞

xià yì zhī xuě gāo
下 一 支 雪 糕 ，

zá zhòng le xiǎo zhū
砸 中 了 小 猪

de nǎo dai xiǎo
的 脑 袋 。小

zhū téng de kū le
猪 疼 得 哭 了

qǐ lái
起 来 。

yòu yì zhī
又 一 支

xuě gāo cóng shù shang fēi xià lái zá xiàng le xiǎo tù zi
雪 糕 从 树 上 飞 下 来 ，砸 向 了 小 兔 子 。

xiǎo dòng wù men xià de gǎn kuài pǎo kāi le
小 动 物 们 吓 得 赶 快 跑 开 了 。

"这是怎么回事?"大脸猫的话还没说完,一支雪糕从上面滑下来,滑进了他的脖子里,好凉好凉啊!

大脸猫伤心地说:"怎么草地上那棵怪树的病传染给我啦?"

蓝皮鼠小心地望着大脸猫头上的角树说:"一定有坏家伙在上面。"

蓝皮鼠的馊主意

蓝皮鼠说：“我来想个办法。”

他又用手指在脑门上转圈，两只倒霉的甲虫又屁股冒烟地从他耳朵里飞出来，一齐问：“想出来了吗？”

蓝皮鼠得意地说：“当然想出来了！”

“想出来什么办法？”

蓝皮鼠对大脸猫说:"你头顶上的角树长满了绿叶,那个坏家伙一定也是绿色的,所以看不出它来。我告诉你怎么办。"他把嘴附在大脸猫的耳边,悄悄地说,"你把树叶变成别的颜色,那家伙就暴露出来了。"

dà liǎn māo xiào mī mī de diǎn dian tóu
大脸猫笑眯眯地点点头。

dà liǎn māo zài yuán dì zhuàn quān　zuǐ li hǎn　　 biàn chéng zǐ
大脸猫在原地转圈，嘴里喊："变成紫

sè yè zi de shù
色叶子的树！"

tā tóu dǐng shang de jiǎo shù biàn chéng le zǐ sè　　shù shang chú
他头顶上的角树变成了紫色。树上除

le zǐ sè de yè zi　 méi yǒu bié de dōng xi
了紫色的叶子，没有别的东西。

37

dà liǎn māo yòu ràng tóu dǐng shang de jiǎo shù biàn chéng huáng sè shù
大脸猫又让头顶上的角树变成黄色。树

shang chú le huáng sè de yè zi yě méi yǒu bié de dōng xi
上除了黄色的叶子，也没有别的东西。

lán pí shǔ jiào
蓝皮鼠叫：

zāo gāo yí dìng shì
"糟糕，一定是

shù shang nà jiā huo yě huì
树上那家伙也会

gēn zhe gǎi biàn yán sè
跟着改变颜色。"

dà liǎn māo hēng heng
大脸猫哼哼

jī jī de wèn nà
唧唧地问："那

zěn me bàn
怎么办？"

lán pí shǔ yě hēng
蓝皮鼠也哼

heng jī jī de shuō　nà nǐ zhǐ
哼唧唧地说："那你只

hǎo biàn chéng yì kē yān
好变成一棵烟

shù　ràng shù shang
树，让树上

zhǎng mǎn yān juǎn　bǎ
长满烟卷，把

nà huài dōng xi xūn xià
那坏东西熏下

lái
来。"

dà liǎn māo shēng
大脸猫生

qì de yáo yao tóu
气地摇摇头：

"不　行，不

xíng　nà yàng wǒ yě
行！那样我也

huì bèi xūn yūn　wǒ
会被熏晕。我

kě bú yuàn yì zuò dà yān guǐ
可不愿意做大烟鬼。"

liǎng zhī jiǎ chóng yě yì qǐ jiào　　lán pí shǔ xiǎng de shì
两只甲虫也一起叫："蓝皮鼠想的是

sōu zhǔ yi
馊主意。"

渔网沉甸甸的

蓝皮鼠一夜没有睡觉，他一直在想办法。

两只甲虫也一直在外面，不敢再飞进

蓝皮鼠的耳朵里。蓝皮鼠脑子动得太厉害，

耳朵里的温度特高。两只甲虫飞进过一次，没停留一秒钟，屁股就被烧得红红的，像两只萤火虫。

zǎo chen tài yáng
早晨，太阳
chū lái le
出来了。

lán pí shǔ xīng fèn de jiào
蓝皮鼠兴奋地叫：
wā wǒ xiǎng chū hǎo bàn fǎ lái
"哇，我想出好办法来
la
啦！"

lán pí shǔ dài zhe dà liǎn
蓝皮鼠带着大脸
māo lái dào xiǎo hú biān
猫来到小湖边，
ràng dà liǎn māo dài shàng
让大脸猫戴上
qián shuǐ jìng bēi shàng
潜水镜，背上
yǎng qì píng
氧气瓶。

dà liǎn māo màn
大脸猫慢
màn de xià dào shuǐ li
慢地下到水里
le tā tóu shang de
了，他头上的
jiǎo shù yě màn màn de
角树也慢慢地
mò jìn shuǐ li
没进水里。

dà liǎn māo bèi
大脸猫背
shang yǒu yǎng qì píng
上有氧气瓶，
kě yǐ hū xī dào kōng
可以呼吸到空
qì
气。

duǒ zài tā jiǎo
躲在他角
shù shang de jiā huo shǐ
树上的家伙使
jìn wǎng shàng tǔ pào
劲往上吐泡
pao tǔ le yí huì
泡，吐了一会
er jiù biē de shòu bù
儿就憋得受不
liǎo la lí kāi le
了啦，离开了
jiǎo shù dà shēng jiào
角树大声叫
hǎn jiù mìng a
喊："救命啊！
jiù mìng a
救命啊！"

lán pí shǔ gǎn kuài bǎ yú wǎng pāo xiàng fā chū shēng yīn
蓝 皮 鼠 赶 快 把 渔 网 抛 向 发 出 声 音

de shuǐ miàn
的 水 面 。

yú wǎng li chén diān diān de hǎo xiàng lāo dào le yí gè dōng
渔 网 里 沉 甸 甸 的 ， 好 像 捞 到 了 一 个 东

xi lán pí shǔ bǎ yú wǎng lā dào àn shang de yí kuài dà shí tou
西 。 蓝 皮 鼠 把 渔 网 拉 到 岸 上 的 一 块 大 石 头

shang yú wǎng li de dōng xi màn màn de xiǎn lù chū lái
上 ， 渔 网 里 的 东 西 慢 慢 地 显 露 出 来 。

lán pí shǔ zhōng yú kàn qīng chu le tǎng zài yú wǎng li de shì
蓝 皮 鼠 终 于 看 清 楚 了 ： 躺 在 渔 网 里 的 是

yì zhī biàn sè lóng
一 只 变 色 龙 。

变色龙的颜色又在变，慢慢变成和石头一样的灰颜色。

蓝皮鼠赶快把变色龙关进铁笼子里："哈哈，这回你可跑不了啦。"

大脸猫还在水里游泳，戴着潜水镜，背着氧气瓶多开心哪。他只顾玩，一点儿也没注意到，许多小鱼在啄他头上的角树。

tā tóu dǐng shang de jiǎo shù
他 头 顶 上 的 角 树

yuè biàn yuè xiǎo zuì
越 变 越 小 , 最

hòu biàn méi le
后 变 没 了 。

tóu shang de jiǎo shù méi le dà liǎn māo yǒu diǎn shāng xīn
头上的角树没了，大脸猫有点伤心。

kě yǐ xiǎng dào tā kě yǐ zài qù zhǎo lǎo yé ye yào yí gè jīn píng
可一想到他可以再去找老爷爷要一个金苹

guǒ dà liǎn māo yòu gāo xìng le
果，大脸猫又高兴了。

看不见的小偷

KANBUJIAN DE XIAOTOU

打喷嚏惹的祸

一座房子前面挂着许多五颜六色的布：红色的、绿色的、紫色的……十分好看。

大脸猫好奇地问："这是什么地方？"

蓝皮鼠说："是染坊，里面的人把白布染成各种各样颜色的布。"

大脸猫进到房子里，看见桌上有许多玻璃瓶，里面装着彩色的染料水。一个矮胖子正在把桶里的布染成彩色。

yì
一
zhī xiǎo chóng
只 小 虫
fēi jìn le
飞 进 了
dà liǎn māo
大 脸 猫
de bí kǒng hǎo yǎng yang ya
的 鼻 孔， 好 痒 痒 呀！

ā tì dà liǎn māo rěn bú
阿 嚏！大 脸 猫 忍 不
zhù dǎ le gè dà pēn tì
住 打 了 个 大 喷 嚏。

hǎo lì hai de pēn tì pào
好 厉 害 的 喷 嚏 炮
a yí xià zi bǎ zhuō zi shang
啊， 一 下 子 把 桌 子 上
de rǎn liào píng quán dǎ fān
的 染 料 瓶 全 打 翻
le lǐ miàn de rǎn liào
了， 里 面 的 染 料
shuǐ quán dào jìn le tǒng li
水 全 倒 进 了 桶 里。

rǎn liào shuǐ de yán
染 料 水 的 颜
sè biàn le biàn chéng le
色 变 了， 变 成 了
tòu míng de lán sè
透 明 的 蓝 色。

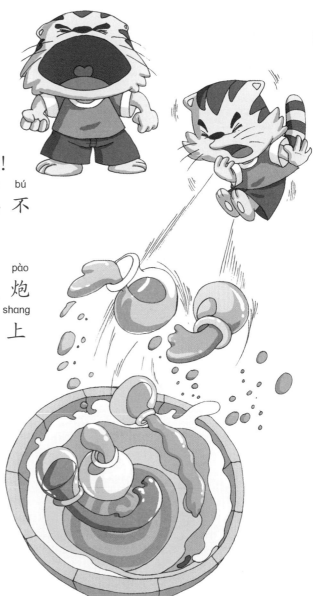

矮胖子突然惊叫起来：“怎么桶里的布没了？”

真的，刚才桶里还有一大块布，突然消失了，只剩下透明的蓝水。

蓝皮鼠和大脸猫向矮胖子赔了布钱，离开了房子。

蓝皮鼠脑子里还想着刚才的事情，他觉得这件事情太奇怪了。

突然失踪的名画

měi shù guǎn li   hěn duō rén dōu zài kàn yì fú zhēn guì de míng
美术馆里，很多人都在看一幅珍贵的名
huà   liǎng gè jǐng wèi jǐn jǐn de shǒu zài míng huà páng biān
画，两个警卫紧紧地守在名画旁边。
dà liǎn māo kàn zhe guà zài qiáng shang de huà   chī jīng de fā
大脸猫看着挂在墙上的画，吃惊地发
xiàn   gāng cái hái shi yì fú wán zhěng de huà jìng rán biàn chéng le bàn
现，刚才还是一幅完整的画竟然变成了半
fú   shèng xià de bàn fú huà hái zài yì diǎn diǎn xiāo shī   tā rěn bú
幅，剩下的半幅画还在一点点消失。他忍不

zhù jiào   nǐ
住叫："你
kàn   nà zhāng
看，那张
huà zěn me shèng
画怎么剩
le yí bàn
了一半？"

51

liǎng gè jǐng wèi jí máng chōng shàng qù　hái méi pǎo dào gēn qián
两 个 警 卫 急 忙 冲 上 去 ， 还 没 跑 到 跟 前 ，

míng huà wán quán xiāo shī le
名 画 完 全 消 失 了 。

lán pí shǔ shuō　　　yí dìng shì yǒu rén bǎ huà tōu zǒu le
蓝 皮 鼠 说 ："一 定 是 有 人 把 画 偷 走 了 。"

dà liǎn māo wèn　　kě shì wèi shén me kàn bú jiàn xiǎo tōu ne
大 脸 猫 问 ："可 是 为 什 么 看 不 见 小 偷 呢 ？"

lán pí shǔ shuō　　　wǒ yě zhèng zài xiǎng zhè ge wèn tí
蓝 皮 鼠 说 ："我 也 正 在 想 这 个 问 题 。"

tā men cóng měi shù guǎn li
他 们 从 美 术 馆 里

chū lái　　wǎng qiǎo
出 来 ， 往 巧

kè lì jí pǔ chē
克 力 吉 普 车

páng biān zǒu
旁 边 走 。

一位胖胖的熊猫小姐
走在他们前面，她脖子上
戴着一串特别
漂亮的项链，
引得周围的人
都注意地看。
大脸猫看
了也忍不住赞
美："那项链
真漂亮啊！"

tā de huà hái méi shuō wán, měi lì de xiàng liàn tū rán cóng
他 的 话 还 没 说 完, 美 丽 的 项 链 突 然 从

xióng māo xiǎo jiě bó zi shang piāo qǐ lái màn màn de zài bàn kōng zhōng
熊 猫 小 姐 脖 子 上 飘 起 来, 慢 慢 地 在 半 空 中

piāo yòu zài yì diǎn diǎn xiāo shī
飘, 又 在 一 点 点 消 失。

xióng māo xiǎo jiě jīng huāng de
熊 猫 小 姐 惊 慌 地

jiào zhe qù zhuī gǎn xiàng liàn
叫 着, 去 追 赶 项 链。

tā de shǒu kuài yào mō dào xiàng liàn
她 的 手 快 要 摸 到 项 链

shí xiàng liàn
时, 项 链

wán quán xiāo shī
完 全 消 失

le
了。

飞起来的警棍

bàng wǎn   yín háng mén kǒu
傍 晚 ， 银 行 门 口 。

jǐng wèi zhèng yào guān mén   tū rán   tā de mào zi bèi xiān qǐ
警 卫 正 要 关 门 ， 突 然 ， 他 的 帽 子 被 掀 起

lái   piāo dào le bàn kōng zhōng   tā zhèng chī jīng de wàng zhe   shēn
来 ， 飘 到 了 半 空 中 。 他 正 吃 惊 地 望 着 ， 身

shang de jǐng gùn yě piāo le qǐ lái   yòu hū de xiàng xià   dǎ zài
上 的 警 棍 也 飘 了 起 来 ， 又 呼 地 向 下 ， 打 在

tā de nǎo dai shang   jǐng wèi yūn hū hū de dǎo xià le
他 的 脑 袋 上 ， 警 卫 晕 乎 乎 地 倒 下 了 。

mén kāi le   jǐng
门 开 了 ， 警

gùn piāo jìn le fáng jiān
棍 飘 进 了 房 间 。

yín háng jīng lǐ
银 行 经 理

zhèng zuò zài zhuō biān dǎ
正 坐 在 桌 边 打

diàn nǎo   tā ěr biān
电 脑 ， 他 耳 边

tū rán xiǎng qǐ yí gè
突 然 响 起 一 个

shēng yīn   bǎ bǎo xiǎn
声 音 ：" 把 保 险

guì de yào shi ná chū lái
柜 的 钥 匙 拿 出 来 。"

银行经理抬起头，一支警棍飘在他头顶上。

"啊！"银行经理吃惊地叫着，悄悄地把手伸向报警器。他还没来得及按按钮，警棍就落下来，把他打昏了。

等猎狗警长开着警车赶来，银行保险柜里的钱已经全被取走了。

猎狗警长的怀疑

蓝皮鼠在广场上表演魔术。他让大脸猫钻进一个大箱子里，把箱子盖上。过了一会儿，再打开箱子时，大脸猫突然消失了，箱子里空空的。

蓝皮鼠表演的魔术真是精彩，大家都热烈鼓掌。

猎狗警长突然走上来，对蓝皮鼠说："你被捕了。"

蓝皮鼠吃惊地问："为什么？"

猎狗警长说："美术馆的名画和熊猫小姐的项链也都是这样消失的。"

大脸猫突然从箱子里探出脑袋，大声叫："不对，不对！我们这是变魔术，我并没有消失，只不过藏到了另一个地方。"

大脸猫说着，指着蓝皮鼠身后叫：

"糟糕，有人偷咱们的吉普车。"

停在路边的巧克力吉普车正在一点点消失，车头不见了，车厢也渐渐地消失了。

蓝皮鼠急忙冲过去。

只听一阵车轮滚动的声音，好像有人把看不见的吉普车开走了。

猎狗警长说："看来，你们也不是小偷，因为你们也丢东西了。"

蓝皮鼠说："我会抓住那个小偷的。"

博物馆的金王冠

"好烫，好烫！"
两只甲虫大声喊着，
屁股冒烟地从蓝皮
鼠耳朵里钻出来。
你们一定猜出
来了，这是蓝皮鼠
在动脑筋，他高兴
地叫："啊，我想出
好办法来了！"
猎狗警长忙问：
"什么好办法？"

蓝皮鼠说:"把博物馆珍藏的金王冠拿出来,让那小偷来偷。"

猎狗警长大吃一惊:"你疯了?这怎么可以?!"

蓝皮鼠附在猎狗警长的耳边说了一
阵悄悄话。

猎狗警长点了点头："那就试试。"

一顶金光闪闪的王冠，放在玻璃柜子
里，旁边有四个警卫，眼睛一眨不眨地盯着。

突然，哗啦一声，玻璃柜子碎了，警卫们一起冲上前。

王冠从玻璃柜子里飘起来，飘向博物馆黑暗的角落。

jǐng wèi men zhuī dào jiǎo luò li　　wáng guān yòu xiāo shī
警卫们追到角落里，王冠又消失

zài kōng qì zhōng le
在空气中了。

dà liǎn māo jiào　　zāo gāo　　xiǎo tōu bǎ wáng guān tōu zǒu le
大脸猫叫："糟糕，小偷把王冠偷走了。"

lán pí shǔ xiào mī mī de shuō　　xī xī　　xiǎo tōu shàng dàng le
蓝皮鼠笑眯眯地说："嘻嘻，小偷上当了。"

紫色的花瓣

蓝皮鼠和大脸猫带着猎狗，走不远，就发现地上有一片紫色的花瓣。

原来，蓝皮鼠让金甲虫和绿甲虫藏在金王冠里。小偷把王冠偷走了，他一点儿也不知道，两只甲虫正从金王冠里悄悄地往地上一片片地丢花瓣呢。

lán pí
蓝皮
shǔ hé dà liǎn
鼠和大脸
māo shùn zhe huā
猫顺着花
bàn， chuān guò
瓣，穿过
yì tiáo hēi àn
一条黑暗
de jiē dào
的街道，
kàn jiàn shù cóng
看见树丛
hòu mian chù lì zhe yí zuò gū líng líng de tiě
后面矗立着一座孤零零的铁
pí fáng zi 。 mén chuāng jǐn bì zhe， cóng mén
皮房子。门窗紧闭着，从门
fèng li tòu chū
缝里透出
wēi ruò de dēng
微弱的灯
guāng
光。

zǐ sè de huā bàn zài xiāo shī le, xiǎo tōu kěn dìng duǒ zài lǐ miàn。

紫色的花瓣在消失了，小偷肯定躲在里面。

liè gǒu
猎狗

jǐng zhǎng mìng lìng jǐng wèi bāo wéi fáng zi。dà liǎn māo hé lán pí shǔ cóng mén fèng xiàng lǐ miàn zhāng wàng。fáng jiān li，yí gè ǎi pàng de jiā huo zhèng zuò zài zhuō biān pěng zhe jīn wáng guān。

警长命令警卫包围房子。大脸猫和蓝皮鼠从门缝向里面张望。房间里，一个矮胖的家伙正坐在桌边捧着金王冠。

dà liǎn māo yí kàn nà zhāng pàng liǎn jiù chī le yì jīng
大脸猫一看那张胖脸就吃了一惊：

zhè bú shì rǎn fang li de ǎi pàng zi ma
"这不是染坊里的矮胖子吗？"

ǎi pàng zi wàng zhe jīn wáng guān jiān xiào zhe shuō hā hā
矮胖子望着金王冠，奸笑着说："哈哈，

wǒ xiàn zài shì shì jiè shang zuì lì hai de xiǎo tōu
我现在是世界上最厉害的小偷。"

　　liè gǒu jǐng zhǎng zài wài mian dà shēng hǎn　　　　nǐ yǐ jing bèi bāo
　　猎　狗　警　长　在　外　面　大　声　喊："你　已　经　被　包

wéi le　　　gǎn kuài chū lái tóu xiáng ba
围　了，赶　快　出　来　投　降　吧！"

　　mén jǐn suǒ zhe　dǎ bù kāi　　　lǐ miàn yǒu xiǎng dòng de shēng
　　门　紧　锁　着，打　不　开，里　面　有　响　动　的　声

yīn　ǎi pàng zi hǎo xiàng zài máng shén me
音，矮　胖　子　好　像　在　忙　什　么。

　　liè gǒu jǐng zhǎng zhuàng kāi le mén
　　猎　狗　警　长　撞　开　了　门。

　　qí guài　　　　wū
　　奇怪，屋
zi li kōng kōng de
子里空空的，
ǎi pàng zi xiāo shī le　　　　jīn wáng guān yě xiāo shī le
矮胖子消失了，金王冠也消失了。
　　lán pí shǔ jiào　　　　　　tā yí dìng hái zài wū zi li　　kuài bǎ
　　蓝皮鼠叫："他一定还在屋子里，快把
mén guān shàng　　　　bǎ chuāng zi dǔ zhù
门关上，把窗子堵住。"

矮胖子的手臂

蓝皮鼠、大脸猫和猎狗警长在房间里
仔细搜索，他们听见矮胖子粗重的喘息声。

"他在
柜子那儿。"
蓝皮鼠大
声喊。

大家
一起冲向
柜子。

cū zhòng de chuǎn xī shēng yòu cóng zhuō zi shàng mian chuán lái
粗重的喘息声又从桌子上面传来。

dà liǎn māo jiào　　　tā tiào shàng le zhuō zi
大脸猫叫："他跳上了桌子。"

dà liǎn māo zhèng yào chōng xiàng zhuō zi　　hū rán　　zhuō zi shang de
大脸猫正要冲向桌子，忽然，桌子上的

yí gè qì shuǐ píng chòng zhe dà liǎn māo fēi lái
一个汽水瓶冲着大脸猫飞来。

dà liǎn māo
大脸猫

lái bu jí duǒ shǎn
来不及躲闪，

qì shuǐ píng yí xià
汽水瓶一下

zi zhuàng zài tā de
子撞在他的

bí tou shang
鼻头上。

wā bí
哇，鼻

tou bèi zhuàng de hǎo
头被撞得好

suān hǎo téng a
酸好疼啊！

ā tì
阿嚏！

dà liǎn māo dǎ chū
大脸猫打出

le yí gè pēn tì
了一个喷嚏

pào pēn tì pào
炮。喷嚏炮

de lì liang zhēn dà bǎ qì shuǐ píng yòu tán le huí qù
的力量真大，把汽水瓶又弹了回去。

qì shuǐ píng hǎo xiàng zhuàng zài yí gè kàn bú jiàn de dōng xi shang
汽水瓶好像撞在一个看不见的东西上，

lǐ miàn de qì shuǐ sǎ le chū lái
里面的汽水洒了出来。

qí guài de shì qing chū xiàn le dà liǎn māo kàn jiàn le yì zhī
奇怪的事情出现了，大脸猫看见了一只

shǒu bì shì ǎi pàng zi de shǒu bì
手臂，是矮胖子的手臂。

ǎi pàng zi de shǒu bì
矮 胖 子 的 手 臂
fēi kuài de piāo xiàng chuāng kǒu
飞 快 地 飘 向 窗 口 ，
qiāo suì le bō lí piāo le
敲 碎 了 玻 璃 ，飘 了
chū qù
出 去 。

huài dàn táo tuō
"坏 蛋 逃 脱

le dà liǎn māo jiāo
了 ！" 大 脸 猫 焦
jí de jiào
急 地 叫 。
lán pí shǔ què gāo
蓝 皮 鼠 却 高
xìng de hǎn wǒ zhī dào
兴 地 喊 ："我 知 道
zhè xiǎo tōu de mì mì le
这 小 偷 的 秘 密 了 ！"

天蓝色的染料水

矮胖子的房间里有一桶天蓝色的、半透明的水。

大脸猫说:"这不是矮胖子用来染东西的染料吗?还是我的喷嚏帮他制造的呢。"

蓝皮鼠说：“看来秘密就在这里。”蓝皮鼠把一根手指伸进蓝色的水里，再拿出来时，他的手指突然消失了。

大脸猫吃惊地问：“你的手指呢？”

蓝皮鼠说："被这蓝水染得看不见了。上次在染坊里，你的大喷嚏把几种染料混在一起，制成了这种蓝色透明隐形水。只要把这隐形水涂在东西上，就可以让那东西消失。于是矮胖子便用它来干坏事了。"

79

大脸猫问：“矮胖子在自己身上涂了隐形染料，咱们看不见他，怎么抓住他呢？”

蓝皮鼠说："我已经想出了好办法。"
说着，他把手放进一盆清水里，刚才消失
的手指又出现了。

大脸猫高兴地叫："我也知道怎么对付那家伙了。"

王冠里的声音

矮胖子在黑暗的小巷里走着，他的衣服上全涂着隐形水，别人看不见他，但手臂上的隐形水被大脸猫用汽水洗掉了，暴露在空气中，谁都看得见他这只手臂，他只能躲躲闪闪地走。

他手里还拿着王冠，刚才逃跑时，他一直把王冠紧紧地握在手中。

突然，他听到了汽车的声音，蓝皮鼠、大脸猫和猎狗警长追来了。

真是奇怪，怎么他跑到哪儿，汽车就追到哪儿呢？

矮胖子发现地上有紫色的花瓣，是从王冠里掉出来的。他明白了，蓝皮鼠在王冠里面捣了鬼。

可矮胖子太贪心了，还是舍不得把王冠丢掉。

蓝皮鼠的吉普车和猎狗警长的警车已经开到跟前了，矮胖子急忙把手臂藏到身后，这样他们就看不见他了。

wáng guān li fā chū le hěn dà de shēng xiǎng shì lù jiǎ chóng zài
王 冠 里 发 出 了 很 大 的 声 响 ，是 绿 甲 虫 在

lǐ miàn lā xiǎo tí qín jīn jiǎ chóng zài lǐ miàn chàng gē
里 面 拉 小 提 琴 ，金 甲 虫 在 里 面 唱 歌 。

lán pí shǔ hé
蓝 皮 鼠 和

dà liǎn māo bǎ shuǐ lóng
大 脸 猫 把 水 龙

tóu duì zhe yǒu shēng yīn
头 对 着 有 声 音

de dì fang pēn shuǐ
的 地 方 喷 水 。

shuǐ liú pēn shè
水流喷射

dào ǎi pàng zi de shēn shang chōng diào le tā shēn shang de yǐn xíng shuǐ
到矮胖子的身上，冲掉了他身上的隐形水。

ǎi pàng zi bào lù chū lái le
矮胖子暴露出来了。

哈，这个狡猾的小偷终于被抓住了！

图书在版编目（CIP）数据

神奇的角树/葛冰著.—南宁：接力出版社, 2005.7
（蓝皮鼠大脸猫最新故事）
ISBN 7-80679-961-3

I.神…　II.葛…　III.童话–作品集–中国–当代
IV. I287.7

中国版本图书馆 CIP 数据核字（2005）第 078878 号

责任编辑：王晓丹
美术编辑：郭树坤　封面设计：卢　强
责任校对：张　莉　责任监印：刘　签

出版人：李元君
出版发行：接力出版社
社址：广西南宁市园湖南路 9 号　　邮编：530022
电话：0771-5863339（发行部）　　5866644（总编室）
传真：0771-5863291（发行部）　　5850435（办公室）
E-mail:jielipub@public.nn.gx.cn

经销：新华书店

印制：北京国彩印刷有限公司
开本：889 毫米×1194 毫米　　1/24
印张：3.75　　字数：60 千字
版次：2006 年 1 月第 1 版　　印次：2006 年 1 月第 1 次印刷
印数：00 001—15 000 册

定价：13.80 元